Na, Nel!

Wps!

Meleri Wyn James

Diolch i bawb sy'n parhau i roi nerth yn esgyrn Nel:

i Meinir, Nia a'r Lolfa am eu cefnogaeth, i John Lund am y darluniau bendigedig, i Alan am ei waith dylunio diflino ac i Sion am y clawr. Diolch hefyd i bob plentyn a ddaeth i rannu hwyl a direidi Na, Nel! yn ystod y flwyddyn ddiwethaf, mewn ysgolion, gwyliau ac eisteddfodau.

Argraffiad cyntaf: 2017

© Hawlfraint Meleri Wyn James a'r Lolfa Cyf., 2017
© Hawlfraint y lluniau: John Lund, 2017

Cynllun y clawr: Sion Ilar
Llun y clawr: John Lund

Rhif Llyfr Rhyngwladol: 978 1 78461 428 7

Dymuna'r cyhoeddwyr gydnabod cymorth ariannol
Cyngor Llyfrau Cymru

Cyhoeddwyd ac argraffwyd yng Nghymru
ar bapur o goedwigoedd cynaladwy gan
Y Lolfa Cyf., Talybont, Ceredigion SY24 5HE
e-bost ylolfa@ylolfa.com
gwefan www.ylolfa.com
ffôn 01970 832 304
ffacs 01970 832 782

Cynnwys

Nel: Dwi wedi cael D yn Mathemateg! D am direidus!

Dad: Mae hynny'n ofnadwy!

Nel: Well i ti stopio fy helpu i gyda fy ngwaith cartref 'te, Dad!

Aaaa - Wps!

Pennod 1

Roedd deigryn yn llygad Mam wrth iddi wylio Nel – doedd hynny ddim yn beth newydd, byddai'n rhaid iddi gyfaddef hynny. Ond roedd y sefyllfa hon YN newydd ac roedd Mam yn ferw o deimladau – nerfusrwydd, ofn, tristwch… a rhyw damaid bach o ryddhad. Wrth i Nel sticio ei thafod allan o gefn y bws ar gôr o rieni pryderus, gan annog y plant eraill i wneud yr un peth – ar wahân i Mair Mwyn, wrth gwrs – teimlodd Mam ei hysgwyddau'n ymlacio dipyn bach. Roedd Nel yn mynd ar drip ysgol i ganolfan antur Glan-llyn –

am ddwy noson – a fyddai hi ddim adref am dridiau. Dim ond gobeithio na fyddai'n gwneud rhywbeth dwl.

Roedd deigryn bach yn llygad Mr Bois hefyd wrth i'r bws duchan a phesychu'n anfoddog ar gychwyn ei daith i'r gogledd. Siglodd yr athro ei gynffon ceffyl a gorfodi ei hun i ymwroli. Fe oedd y rheolwr, Macsen Bois – er gwaethaf ei gorff bach fel bochdew – ac os gallai Macsen arwain yr ymerodraeth Rufeinig, a chôr yr ysgol ar lwyfan yr Eisteddfod, gallai daclo llond bws o blantos. Ac roedd ganddo gynorthwyydd ifanc wrth ei ochr oedd wedi dod yr holl ffordd o Groatia i'w helpu.

Yn stafell wely Nel y bore hwnnw
roedd Bogel wedi ymddangos mewn
un pwff drewllyd iawn.

"Sori!"

Ond nid oedd yn edrych yn sori.
Anwybyddodd Nel e.

"Bydd yn rhaid i chi gyd fod yn
ddewr iawn," pregethodd wrth y

parti teganau, oedd
yn cynnwys Ted-
ted, yr arth fach un
llygad… Liwsi, y
ddoli ungoes…
Sali Mali, heb ei
bynsen ddu… y
Dewin Dwl, heb ei het…
a Mister Fflwff, oedd yn
chwyrnu cysgu ar y gwely.
"Bydda i adre mewn chwinciad
chwannen!"

Deffrodd Mister Fflwff ac edrych ar
ei ffwr am chwain.

"Allwch chi ddim dod gyda fi yn
anffodus, ond fyddwn ni 'nôl gyda'n
gilydd mewn dim. Felly, does dim
rheswm O GWBWL i deimlo'n
drist. Bydda i adre chwit-chwat-
chwap."

Roedd y teganau, a Mister Fflwff – a hyd yn oed Bogel – yn syndod o dawel, ond wrth i'r araith fach fynd yn ei blaen, sylwodd Nel ei bod hi'n fwy a mwy anodd cael y geiriau allan o'i cheg. Roedden nhw'n mynd yn sownd fel cerrig yn ei gwddf, ac ymddangosodd llen niwlog dros ei llygaid. Cofiodd Nel am y tro pan ffeindiodd hi Plop y pysgodyn aur yn chwarae Murder in the Dark. Llyncodd ei phoer.

"Sori, ond allwch chi ddim dod," meddai eto'n dawel a chusanu pob un – hyd yn oed Bogel.

"Galla i ddod," meddai Bogel. "Galla i fynd i unrhyw le dwi moyn, gwd gyrl. Pwff. Fel'na!" Cliciodd Bogel ei fysedd, gan ddiflannu ac ailymddangos yr ochr arall i Nel.

Gwgodd Nel. "Na, alli di ddim. Mae gan Mr Bois restr bwysig iawn, a dyw dy enw di DDIM ar y rhestr. Dyna sut mae e'n mynd i gadw pawb yn saff. Tic i ddweud bod plentyn wedi mynd i mewn i Lyn Tegi-wegi a thic i ddweud ei fod e wedi dod mas."

Astudiodd y corrach ei ewinedd piws. "Dwi ddim moyn mynd mewn i hen lyn gwlyb ta beth 'ny – a chael fy mwyta'n fyw gan anghenfil y dŵr!"

Bywiogodd Nel. Cydiodd yn nolen y cês.

"Hwyl fawr… Ta-ta… Da bo… Na, dwi'n mynd y tro hwn… Dwi YN mynd… Bei-bei… *Arrivederci…* Ffarwél!"

Anadlodd Mister Fflwff yn ddwfn.

Tridiau heb Nel. (Paradwys pws fach.) Roedd e'n methu aros!

Roedd Nel wedi gorffen y bagiaid o Eclairs siocled ac yn brysur yn diddanu ei ffrindiau.

"La-la, la-la, la-la, la-la!"

"Wyt ti'n gallu canu cân fach go iawn?" mentrodd Mr Bois. Byddai unrhyw beth yn well na'r nonsens hyn.

Anadlodd Nel yn ddwfn a lansio ar ei hoff gân deithio. Roedd yn ei hatgoffa o'i hymweliad ag Www! – Y Sw.

"Ro-oedd NEL o wlad Cymru yn iodlan ar fynydd maaawr…!"

"Ffrans o wlad Awstria," murmurodd Mr Bois o dan ei anadl. Pump pennill – a chytgan – a fyddai e'n synnu dim petai dychymyg Nel wedi llunio un neu ddau o benillion eraill.

"Peidiwch â phoeni. Byddwn ni'n iawn," meddai wrth ei gyd-athrawes, gan chwerthin yn nerfus.

Doedd Miss Pavletić ddim yn poeni. Roedd hi wedi profi gwaeth nag antics aflafar plant ysgol yn ei chartref yn Samobor yn Zagreb, Croatia. Roedd ei gwallt melyn wedi ei dynnu yn ôl mewn cynffon ceffyl dynn, dynn (tynnach nag un Mr Bois). Ond y peth rhyfedd am y mwng euraidd oedd ei fod yn frown ar hyd ei thalcen ac o gwmpas ei chlustiau. Roedd ganddi ddau Wotsit tywyll yn aeliau, a thrwyn oedd yn troi i fyny, a phan fyddai'n cytuno â Mr Bois byddai'n codi ei gên nes ei bod hyd yn oed yn dalach nag e.

Dawnsiai Nel yn wyllt yn ei sedd, fel petai cynrhon yn ei throwsus, yna cododd yn sydyn a llwyddo i sefyll ar ddwy droed Barti Blin.

"Awww! Fy nhreinyrs newydd i," sgrechiodd Barti.

"Dwyt ti ddim i fod i wisgo treinyrs newydd ar y trip yma!" meddai Nel, gan siffrwd ei hamrannau.

"Ti'n mynd i dalu am hyn," sgyrnygodd Barti a gwthio Cai Cwestiwn o'r ffordd fel nad oedd yn rhaid iddo eistedd nesaf at Nel.

Cafodd Nel bwl sydyn. Roedd ei stumog yn troi fel melin wynt mewn

storm, ond doedd hi ddim eisiau rhoi'r gorau i ganu. Pam amddifadu ei ffrindiau o'r cyfle i ddysgu penillion newydd am Nel ap Ffrans?

♫ "Pan ddaeth ang-hen-fil mawr dyfrllyd

A'i bwrw – sblash – i'r llyn."

Stopiodd Nel. Teimlai'n simsan.

"Fuest ti'n sâl yn y car pan fuoch chi i Sir Fôn?" prociodd Mair Mwyn yn garedig.

O rywle, ymddangosodd Mr Bois a mynnu bod Nel yn dod i eistedd yn seddau blaen y bws gyda Miss Pavletić.

"Dwi'n nofwraig Olympaidd." Roedd Nel wrth ei bodd â chlust ddieithr i wrando ar ei straeon. "Ydych chi'n gallu nofio?"

"Tipyn bach," gwenodd Miss Pavletić.

"I mewn i'r pen dwfn. Dyna'r ffordd orau i ddysgu. Trochfa go iawn!"

Teimlodd Nel belen yn hyrddio i fyny ei brest, saethu lan ei gwddf ac allan o'i cheg. A chyn y gallai ddweud, "Sori, dwi'n mynd i fod yn sic!", glaniodd y belen gynnes ar gôl yr athrawes ifanc.

Pennod 2

Teimlai Nel yn llawer gwell. Ac erbyn hyn roedd ganddi restr o bethau roedd hi'n edrych ymlaen i'w gwneud:

Dwi'n methu aros i...

- ... adael gartref am y tro cyntaf – wedi bod mewn parti cysgu yn nhŷ Mair Mwyn (FfG) unwaith. Ond dim ond unwaith.
- Bwyta losin amser brecwast, cinio a swper.
- Gwario pres Mam-gu.
- Aros ar ddihun trwy'r dydd a thrwy'r nos. (Peidio cysgu, na bwyta ffrwythau. Dim teledu na ffôn, ond mae gen i lyfrau: rhwng darllen difyr a hwyl yn yr awyr agored fydda i ddim yn segur am funud.)

- Ymladd Tegi-wegi, anghenfil y llyn – ac ennill!

Dwi ddim yn edrych ymlaen i...
- Chwyrnu Barti Blin o'r stafell drws nesaf.
- Cwmni Barti Blin ddydd a nos am dridiau.
- Cwestiynau Cai Cwestiwn.
- Taflenni gwaith! Grrr!

Ch... ch... ch – chwyrnu Barti Blin. Ch a fi!

Cafwyd diwrnod cyntaf gwych, digon tebyg i anturiaethau Gêm o Drôns.

HEDDIW

llam	Cyrraedd. Yr olygfa fel rhywbeth o'r Mabinogi, gyda niwl yn codi fel tarth oddi ar y llyn.
lpm	Sosej a bîns i ginio, a chwpwl o Eclairs i bwdin.
2pm	Gwlychu yn nŵr oer, brwnt, drewllyd y llyn.
3pm	Dim cawod.
6pm	Bowlio Deg.
24/7	Rhedeg i BOB man. Hyd yn oed tu fewn.

Dim ond un cwmwl oedd ar ffurfafen Nel pan ddaeth hi'n amser gwely yn y ganolfan antur:

Y lleill: "Dyw e ddim yn syniad da."

Nel: "Pam-ham?"

"Beth petaet ti'n sic?"

"Beth petawn i'n sic!"

"Byddai'r sic yn saethu i lawr dros bob man."

"Byddai'r sic yn saethu i lawr dros bob man! Dyna setlo hynny, 'te. FI fydd ar y gwely top!" A rhoddodd Ted-ted ar y gobennydd. (Wel, roedd e wedi MYNNU dod gyda hi.)

Beth petai'n poeri chwŷd pinc ar ben un o'i ffrindiau? Ar ei ben, yn llythrennol. Hoffai Nel y syniad o gael gwallt pinc, fel Rhian-a neu Cêt ar y Fferi. Candi fflos pinc fyddai'n eistedd ar ei phen, ac yn dirgrynu wrth iddi redeg. Penderfynodd ychwanegu 'Steilydd gwallt i'r sêr' at y rhestr o bethau i'w gwneud pan oedd hi'n hŷn – ar ôl y tair 'A' oedd ar y rhestr eisoes: arbenigwr codio, astronot ac awdur.

"Cafodd y llyn yng Nglan-llyn ei enw am ei fod mor hardd, dyna ddarllenais i." Roedd Lliwen Llyfrau yn byw mewn stori.

Siglodd Nel ei phen a dweud,

"Na. Cafodd ei enwi ar ôl dyn o'r enw Tegid Foel. Er nad oedd gwallt na dim byd AR ei ben, roedd yna ddigon YN ei ben achos bachodd e dduwies yn wraig iddo fe – duwies neu wrach, dibynnu beth ydych chi'n ei gredu. Ei henw oedd Ceridwen. Roedd eu cartref mewn neuadd fawr, yn llawn o ffrindiau, ond un noson daeth storm fawr ddychrynllyd a boddwyd pawb a phopeth gan lyn o

ddŵr. Mae Tegid
Foel yn wallgo
hyd heddiw, ac
yn barod i ddial
ar unrhyw un sy'n
mentro'n rhy agos i'w ddannedd
miniog a'i grafangau creulon.
Cysgwch yn dawel! Diwrnod arall ar
y llyn fory!"

Ac roedd Nel yn rhochian mewn
amrantiad.

Llwyddodd stori Nel i gadw'i
ffrindiau ar ddihun nes yr oriau
mân, a deffrodd PAWB ben bore,
gan gynnwys Mr Bois a Miss
Pavletić, wedi cysgu fawr ddim.
Yn syth ar ôl brecwast curodd

Nel ei ffrind, Barti Blin, mewn ras feicio mynydd. Sgrialodd y corryn bach yn ei sgidiau am nad oedd sôn am ei dreinyrs. Cafodd Nel friw ANFERTH ar ei phen-glin! Byddai'n datblygu'n graith gwych, ac roedd hi'n edrych ymlaen i'w grafu. Byddai ganddi am byth, fel pant ar blaned Fenws.

Roedd Nel yn gyffro i gyd wrth feddwl am fod yn y dŵr drewllyd, llawn dirgelwch. Efallai y byddai Tegi-wegi'n sawru'r gwaed ac yn dod amdani! I feddwl bod ar rai o'r lleill OFN! Gwenodd Nel.

"Reit, ti mewn trwbwl, Miss Direidi! Byddan nhw'n ffonio dy rieni di. Ti'n mynd adre, mêt."

Hopiai Barti o gwmpas Nel.

"Am BETH wyt ti'n siarad?"

"Ti'n gwybod yn iawn. Fy nhreinyrs i. Wnest ti eu rhoi nhw yng nghês Cai!"

Pwffiodd Nel. Doedd hi ddim wedi gwneud dim byd tebyg. Petai hi'n mynd i guddio treinyrs Barti, byddai wedi meddwl am rywle LLAWER mwy creadigol i'w rhoi nhw. Fel ar waelod y llyn!

"I fyny â ni! Dewch nawr!"

Edrychodd Nel ar Mr Bois ac yn ôl ar y llyn llonydd.

"Pam ydyn ni'n gadael y llyn?"

"Syrpréis." Cododd Mr Bois ei aeliau.

Fe fuon nhw'n dringo'r mynydd am oriau – wel, munudau. Fel petaen nhw ar daith gyda'r dringwr enwog Eric Jones, neu Tim Peake, yr astronot, a anfonodd luniau o eira ar fryniau gogledd Cymru o'r orsaf yn y gofod. Ond pan gyrhaeddon nhw ganol y goedwig roedd fel bod ym mola buwch. Yn anffodus, roedd digon o olau i Nel weld beth oedd o'i blaen.

"Aaaaa!"

"Beth sy'n bod, Nel?" Roedd Mair yn llawn consýrn.

"Gwifren awyr," meddai Mr Bois gyda gwên.

Edrychodd Nel i fyny fry i ben y polion pren y byddai'n rhaid eu dringo, ac yna ar hyd y wifren hir, oedd yn hongian yn uchel yn yr awyr. Byddai chwipio i lawr y wifren fel bod ar drên yr Wyddfa – heb yrrwr gofalus na brêcs.

A... E... I... O... U... W... Y...

Fel gwers ar y llafariaid.

Gafaelodd yn dawel yn Dyta.

"Cer di gyntaf," meddai'r ceffyl blaen wrth Cai Cwestiwn.

"Dyna garedig. Pam wyt ti mor garedig?" gofynnodd Cai.

"Mae ofn ar Nel." Gwthiodd Barti Blin heibio'r ddau a dechrau dringo'r polyn agosaf. Cafodd ei eni fis yn hwyr, ac roedd wedi bod ar frys gwyllt byth ers hynny.

"Pff! Fi? Ofn? Pam fyddai ofn arna i bod ddeugain troedfedd i fyny yn yr awyr, heb adenydd nac awyren? Mae Twm, fy mrawd mawr, wedi gwneud hyn o'r blaen ac mae'n ddychrynllyd o HAWDD, ddwedodd e."

Edrychodd Mr Bois y tu hwnt i'w

restr bwysig yn ddigon hir i sylwi y byddai'n ddoeth iddo ddweud gair. "Sdim byd i boeni amdano… Mae staff y ganolfan yma i'n helpu ni a bydd pawb yn gwisgo gwregys!"

Pwyntiodd ei fys at Miss Pavletić yn ei chewyn diogelwch. Nodiodd hithau, yn llawn hyder.

"Gwregys?" holodd Cai.

"Yr offer diweddaraf. I sicrhau eich bod yn hollol saff." Tinciodd Mr Bois ei bensil yn erbyn y rhestr bwysig.

"Sdim byd yn HOLLOL saff, syr," Roedd Gwern yn gwybod popeth. "Yn ôl yr ystadegau diweddaraf am gwympo —"

Torrodd Macsen Bois ar ei draws. "Does neb wedi cwympo yn y ganolfan antur yma, Gwern."

Nodiodd Gwern a dweud, "Mae'n

FWY tebygol y bydd damwain
yn digwydd heddiw 'te – yn ôl yr
ystadegau."

Teimlodd Nel dipyn bach o bi-pi
rhwng ei choesau.

"Fyddwch chi'n mynd gyntaf, syr?"
gofynnodd Nel.

"Bydden i wrth fy modd! Ond
rhaid i mi gadw golwg ar y rhestr.
Tic-tic, i wneud yn siŵr bod PAWB
yn ddiogel – hyd yn oed ti, Nel."

Doedd dim byd yn hollol saff, ond
doedd Nel ddim eisiau neidio i'r
cymylau ar weiren awyr – roedd
hynny YN saff. A doedd hi ddim
eisiau cyfaddef hynny chwaith. Yn
gyntaf, roedd yn rhaid gwisgo'r

cewyn. Yna, roedd yn rhaid dringo i fyny'r tŵr nes eich bod mor uchel â changhennau'r coed. Unwaith i chi oresgyn hynny, gyda choesau jeli, roedd yn rhaid sefyll yn yr uchderau gydag awyr iach o'ch cwmpas – ar wahân i ambell bwff o awyr afiach gan Barti Blin.

Beth oedd waethaf? Peidio neidio? Neu gyfaddef nad oedd hi eisiau neidio?

"Ydych chi eisie help gyda'r rhestr, Mr Bois?"

Gwenodd y pen gwallt poni. "Na, na, Nel. Bant â ti, mwynha dy hun."

Ar ôl i'r criw cyntaf gyrraedd y lanfa, daeth syniad newydd i ben

Nel. Doedd hi ddim yn siŵr a allai hi WNEUD hyn. Fel arfer, credai Nel y gallai hi wneud unrhyw beth. Ac fel arfer roedd hi'n iawn. Ond roedd ei chorff yn llawn teimladau cas.

Roedd Barti a Gwern yn bwrw'i gilydd â'u peneliniau, a Mair a Cai yn hymian canu a siglo'u penolau ar yr un pryd. Roedd Dyta'n nodio ei phen yn benderfynol wrth i hyfforddwr glicio'r gwregys i'r wifren a dangos iddi beth i'w wneud â'i dwylo. Ta beth am ei dwylo, gwyddai Nel yn UNION beth hoffai ei wneud â'i thraed – ei heglu hi o 'na. Ond wnaeth hi ddim. Roedd ei choesau'n rhy simsan i fynd i unman ar hast. Roedd ei chorff yn teimlo'n rhyfedd iawn – ei phen yn ysgafn, ei bochau'n boeth,

 ei brest yn dynn a'i hanadl yn fân ac yn fuan. Ac roedd yna sychwr dillad gwely codwr pwysau yn troi yn ei bola.

Cafodd syniad. Beth petai un o'r lleill yn methu mynd? Gallai gynnig ei hun yn gwmni iddo fe neu hi, a'i helpu i fynd i lawr i dir annwyl, sefydlog y ddaear.

"Beth taset ti'n cwympo, Dyta?" poerodd o'i gwefusau sych.

Ond roedd Dyta wedi neidio ac wrthi'n bolltio ar hyd y wifren i'r lanfa nesaf. Roedd sawl gwifren, felly byddai'n rhaid neidio i'r awyr oddi ar lanfa FWY nag unwaith.

Doedd Nel ddim yn siŵr a oedd Dyta wedi ei chlywed, ond yr unig

ateb a glywodd oedd "Wiiiiiiiiiiiii"
byrlymus, y sŵn cryfaf a gafwyd gan
yr un dawel erioed.

"Dyw'r offer ddim yn edrych yn
newydd iawn…" sibrydodd Nel wrth
Barti a Gwern. Roedd Cai a Mair
yn dal i ganu.

"Ti'n iawn. Mae'n edrych yn
ddychrynllyd," chwarddodd Barti.

Iawn i'r corryn bach chwerthin,
roedd e'n arfer sboncio ar hyd ei we.

"Ydy'r offer yn saff?" gofynnodd
Nel wrth Mr Bois.

"Wrth gwrs ei fod e'n saff. Dal
hwn." Rhoddodd y rhestr yn nwylo
Nel.

Gwenodd honno o glust i glust.

"Mae'r bwcwl yn mynd ar y
wifren fel hyn," meddai Mr Bois.

"Ga i weld?" Wrth bwyso ymlaen,

gwthiodd Nel yn erbyn Mr Bois, a chollodd hwnnw ei falans.

Llais tenor oedd gan Mr Bois, ond roedd y sŵn a ddaeth o'i enau wrth iddo wibio o un goeden i'r llall yn llawer tebycach i soprano.

Nodiodd Gwern ei ben yn wybodus ar Nel. "Mae hyd yn oed syr wedi llwyddo, ond well i ti fynd i lawr… babi Mam."

ALLAI hi ddim gwneud hyn. Ond gallai hi fod yn rhywun arall. Dychmygodd ei hun yn dylwythen deg – gydag agwedd, a threinyrs yn lle sgidiau bale am ei thraed. Ac wedi newid y twtw am jegings a hwdi. Llyncodd ei phoer, meddyliodd am Mister Fflwff, a neidio.

"Aaaaaaaaaaaaaaaa!"

Trodd yr ofn yn wefr fawr.

Ffaaaaantastig!

"Gwern, mae'n WAETH na mae'n edrych!" gwaeddodd Nel o'r ochr draw, a throdd i wynebu'r naid nesaf.

Drannoeth, wrth y llyn, gwisgai Cai ei dreinyrs gorau. Roedd yr hen rai roedd e i fod eu gwisgo i'r dŵr wedi diflannu. Ac er chwilio yng nghês pob un, gan gynnwys cês Miss Pavletić, doedd dim sôn amdanyn nhw.

"Dwi'n gwybod pwy sy wedi cuddio treinyrs Cai," sgyrnygodd Barti.

Trodd Nel ei chefn arno. Doedd e'n amlwg ddim yn siarad amdani hi. Beth fyddai hi'n ei wneud

â threinyrs drewllyd bachgen? Petai
hi eisiau pâr o dreinyrs newydd
byddai'n ffonio Aaa-didas ei hun.

Er ei llwyddiant annisgwyl ddoe,
roedd Nel yn llawer hapusach yn
y dŵr drewllyd. Teimlai fel cawr o
greadur.

"Fi yw anghenfil y llyn." Cododd
ei breichiau ac agor ei choesau a
dechrau cerdded yn stiff, fel sombi.
(Fel sombi go iawn, doedd hi ddim
wedi cysgu trwy'r nos chwaith.)

"Drychwch arna i! Dwi'n mynd
i'ch bwyta chi'n fyw."

"Does neb yn mynd i fwyta neb yn
fyw HEDDIW."

Adnabyddodd Nel y llais
awdurdodol. Yna gwelodd y
corff, y coesau main, y breichiau
cryf, y llygaid syn a'r pen o wallt
anystywallt.

"Beth yn y byd mae hi'n ei wneud yma?" gofynnodd Cai.

Yn ôl llafar gwlad, doedd Mrs Puw y Pennaeth byth yn gadael tir yr ysgol. (Ar wahân i pan fuodd hi ar 'secondiad' mewn ysgol arall. Gair *posh* am 'newid bach' oedd secondiad.)

Roedd clyw sensitif ymhlith ei thalentau a chlywodd hi gwestiwn Cai yn glir.

"Dwi yma am fod Mr Bois wedi gorfod mynd adref yn annisgwyl. Doedd e ddim yn teimlo'n dda iawn ar ôl rhyw giamocs ddoe."

"Ar ôl i ti ei wthio fe, Nel."

"Wnes i ddim gwthio neb," atebodd Nel, gan wthio Barti Blin nes ei fod bron â chwympo'n glatsh ar ei ben ôl.

Dringodd Nel i mewn i'r cwch ac eistedd wrth Mair Mwyn. Rhoddodd y ddwy gwtsh mawr i'w gilydd.

"Wna i dy achub di os daw anghenfil y llyn ar ein hôl ni! Wna i wthio Barti i'w gyfeiriad e – dechreufwyd digon tyff, ond dylai ei gadw i gnoi am gyfnod."

"Doedd menywod ddim yn cael morio pan oedd Barti Ddu ar y moroedd mawr." Camodd Barti ar y cwch a dechreuodd y criw rwyfo, heb fawr o siâp ar neb.

Saethodd Nel ei hateb, "Dwed hynny wrth y Fonesig Naomi James pan oedd hi'n hwylio o gwmpas y byd ar ei phen ei hun – a thithau heb gael dy eni."

Safodd Nel ar ei thraed. Cododd ei breichiau ac agor ei choesau. "Fi yw anghenfil y llyn!"

"Eistedd i lawr, Nel. Nawr!" gwaeddodd Mrs Puw.

Gadawodd y cwch nesaf y lan gyda Mrs Puw wrth y llyw a Miss Pavletić wrth y rhwyfau.

"Dwi'n iawn, wir. Dylech chi fod wedi fy ngweld i'n hedfan ar y gwifrau ddoe. Fel bom yn tasgu mas o ganon. Galla i wneud unrhyw beth nawr."

"Wel, stedda 'te!"

"'Nôl a mlaen, 'nôl a mlaen…" Roedd y cwch yn siglo'n waeth ers iddi godi. "Alla i ddim. Alla i ddim symud," sylweddolodd Nel.

"Fedri di wneud unrhyw beth, dwi'n siŵr. Stedda, Nel!" bloeddiodd y brifathrawes.

"Fedra i ddim. Dwi'n styc." Dechreuodd Nel chwerthin yn

afreolus a dechreuodd y cwch siglo hyd yn oed yn waeth.

"Ydyn ni'n mynd i suddo?" gofynnodd Cai.

"Byddwn ni'n boddi!" tasgodd Barti.

"Rydyn ni'n gwisgo siacedi achub bywyd," meddai Mair yn fwyn.

"Dwi'n dod draw atoch chi!" Amneidiodd y Pennaeth ar Miss Pavletić i rwyfo i gyfeiriad Nel a'i chriw. Defnyddiodd honno nerth bôn braich Wonder Woman i dorri drwy'r dŵr.

"Daliwch yn sownd! Ni bron â bod yna!"

Trawodd cwch yr athrawon yn erbyn cwch y plant, a bu Nel bron â mynd bendramwnwgl i'r llyn. Gwthiodd Miss Pavletić y rhwyf i

gyfeiriad Nel, gan ddal ei gafael ym
mhen arall y polyn.

"Alla i ddim. Yr unig beth sy'n
cadw fy malans yw bod fy mreichiau
ar led," plediodd Nel.

Yn ansicr, ac yn anfodlon, cododd
y Pennaeth ar ei thraed i geisio helpu
Nel. Symudodd Nel yn gyflym a
chydio yn y Pennaeth. Gafaelodd
y ddwy yn ei gilydd yn dynn.
Gwyliodd Cai nhw'n gegrwth.

"Nawr 'te, i lawr â ni yn araf
bach…" sibrydodd y Pennaeth.

Rhoddodd Barti ei law dros ei geg
i'w stopio rhag chwerthin.

♪ "Dŵr yn yr afon a'r cerrig yn slic.
Cwympon ni'n dau…" canodd
Nel yn angherddorol.   ♫

Dim ond yn wyllt roedd yr un

ddireidus yn gallu symud. Gan afael yn ddiogel ym mreichiau'r Pennaeth, teimlodd Mrs Puw Nel yn symud i eistedd yn gyflym a siglodd y cwch yn waeth byth.

"Dwi'n mynd i gwympo!" gwaeddodd Nel. A dweud y gwir, roedd hi'n eithaf edrych ymlaen at hynny. Gollyngodd ei gafael yn y Pennaeth, a chwympodd honno yn ei hôl ac i mewn i'r dŵr.

SBLASH!

Ochneidiodd gweddill criw Nel fel un, a Miss Pavletić hefyd. Chwarddodd Barti nerth ei ben blin.

"Peidiwch poeni. Dwi'n dal ar fy nhraed... Mrs Puw, peidiwch poeni... Dwi'n iawn. Mrs Puw...?"

Epilog

"Nid fy mai i oedd e."

"Bai pwy 'te, Nel? Anghenfil y dŵr?"

Roedd Nel yn hoffi'r syniad hwnnw. Plannodd ef yn ei dychymyg gan addo sgrifennu'r stori pan fyddai'n cyrraedd adref.

"Dwi'n teimlo'n iawn. Ga i fynd i'r cefn at fy ffrindiau?" gofynnodd Nel i'r Pennaeth yn llawn gobaith.

"Stedda di fan'na!" dwrdiodd Mrs Puw.

Syniad!

Teimlai pawb ychydig bach yn sâl ar y ffordd adref ar y bws. Dim ond am y

46

dydd roedd y Pennaeth yno. Felly,
dim ond un wisg oedd ganddi –
yr un roedd hi'n ei gwisgo pan
syrthiodd i ddyfroedd y llyn wrth
geisio achub Nel rhag ei direidi ei
hun. Roedd Mrs Puw'n gwisgo'r un
dillad o hyd, rhai tamp a drewllyd.
Ac am ei thraed, doedd dim sgidiau,
dim ond dau fag plastig siop Little
oedd yn digwydd bod yn ei bag
Sianel.

♩ "Roedd FFRANS o wlad Awstria
yn hwylio'r moroedd mawr,
    Pan ddaeth TON fawr amdano a'i
fwrw – sblash! – i'r llawr." ♪

    "Druan o Nel fach. Ei FfG newydd
hi yw'r Pennaeth."
    Yng nghefn y bws, trodd Mair i
edrych ar Barti'n syn. Roedd golwg
anaddfwyn ar ei hwyneb.

Petai Nel wedi ei glywed uwchlaw sŵn ei chanu ei hun, fyddai hi ddim wedi cymryd sylw o eiriau Barti Blin. Gwyddai'n iawn pwy oedd wedi bod yn cuddio'r treinyrs. Nid Nel, am unwaith. Felly, roedd hi wedi plannu sgidiau drewllyd Mrs Puw yng nghês Barti. Roedd ganddo ddigon i'w ddweud drosto'i hun fel arfer, ond a oedd ganddo ddigon i'w ddweud i esbonio pwy fu'n cuddio'r treinyrs?

Roedd Barti wedi gobeithio cael Nel i drwbwl. Ond roedd Nel un cam ar y blaen. Nawr byddai'n rhaid iddo esbonio pam roedd sgidiau'r Pennaeth yn ei gês e. Ac edrychai Nel ymlaen i weld y corryn yn datglymu'i hun o'r we dwyllodrus honno.

FfG fi

Pennod 1

Roedd hi'n Ddolig yn Ysgol Pen-y-daith – er nad oedd hi'n ddiwrnod Nadolig o gwbwl. Ond roedd y plant yn dân gwyllt. Yn wir, fydden nhw ddim yn fwy cyffrous petai Siôn Corn ei hun wedi cael ei benodi yn Bennaeth newydd yr ysgol ac yn canslo gwersi er mwyn rhannu anrhegion yn gynnar.

A'r un fwyaf cyffrous ohonyn nhw i gyd oedd Nel. (Wel, dyna roedd Nel yn ei gredu, beth bynnag.)

"Dwi'n fwy cyffrous na ti – dwi wedi bod i'r tŷ bach dair gwaith." Cripiodd Barti Blin ar hyd y stafell ddosbarth a gweiddi yng nghlust ei ffrind.

"Dwi'n fwy cyffrous na ti – dwi ddim wedi bwyta dim byd ond losin ers pedwar diwrnod." Roedd Nel hithau yn uchel ei chloch.

"Dwi ddim yn dy gredu di," atebodd Barti.

"Nag wyt ti? Trueni. Achos dwi YN dy gredu di," poerodd Nel.

Roedd yna si yn mynd ar hyd yr ysgol. Dechreuodd pan glywodd Nel y Pennaeth yn rhannu cyfrinach â Miss Morgan un amser egwyl, a'r plant i fod ar yr iard. Wedi mynd i glepian am dymer Barti Blin roedd Nel, ond wrth ganfod Mrs Puw yn crychu ei thrwyn ac yn sibrwd wrth Miss Morgan, oedodd... a gwrando'n astud, fel yr oedd wedi

cael ei dysgu i wneud yn yr ysgol.
Pan ddeallodd y byddai'n well i Miss
Morgan "beidio â dweud dim byd
wrth y plant am y tro" aeth Nel
yn syth allan i rannu'r hanes i gyd
gyda'r lleill.

Ni fuodd disgyblion Ysgol Pen-y-
daith mor gyffrous â hyn ers iddyn
nhw glywed eu bod yn mynd i Lan-
llyn. Lledodd y gyfrinach fel gêm o
Chinese Whispers, a thyfu a newid fel
chwedlau Cymru dros y canrifoedd.
Ymhen dim, roedd pob dychymyg
tanllyd yn dewis a dethol ei stori ei
hun.

"Mae yna ddisgybl newydd."

"Merch yw hi."

"Mae'n dod o blaned estron."

"Bachgen. Yn bendant."

"Hi. Dydi hi ddim yn deall gair o
Gymraeg."

"Mae'n perthyn i Siôn Corn."

"Ac Abba."

"A Mererid Hopwood."

"O bell."

"Mae'n dod o wlad bell."

"Y blaned Mawrth. Mae'n siarad gobl-di-gŵc – AC yn siarad Cymraeg."

O fewn pedair awr ar hugain roedd hyd yn oed yr athrawon yn gwybod beth oedd yn mynd ymlaen.

"Ai anifail fydd e, Miss?" gofynnodd Cai.

Siglodd Miss Morgan ei gwallt lliw rhwd sydd ar gar Dad.

"Cai. Am gwestiwn! Dy'n ni ddim yn croesawu anifeiliaid yn y

stafell ddosbarth. Hawyr bach! Beth
nesaf?"

Ddim yn croesawu anifeiliaid?
Ddim ers y tro diwethaf, pan drowyd
y stafell ddosbarth yn glos fferm.
Roedd Nel wedi dweud hyn wrth
Mister Fflwff. Ac allai'r un ddireidus
ddim penderfynu a oedd yr unig
gath yng Nghymru a wisgai diara…
a sgert ffrils… ac a oedd yn hoffi
cacen… yn fodlon ar y rheol hon
ai peidio. Byddai mynd i'r ysgol yn
golygu y byddai'n rhaid i'r bwndel
o flew ddihuno, a chodi, a hynny yn
ystod y dydd. Ac roedd pawb oedd
yn FfG i gath
yn gwybod na
fyddai hynny'n
plesio O
GWBWL.

"Oes, mae croeso mawr i anifeiliaid yn y stafell ddosbarth hon, Miss. Pob math o anifeiliaid," anghytunodd Gwern Gwybod Popeth â'i athrawes, gan beri i'w bochau hi fynd mor goch â'i gwallt.

"Cŵn," cyfarthodd Barti Blin.

"Cath," mewiodd Mair Mwyn.

"Ieir," clwciodd Cai Cwestiwn.

"A buwch newydd ei godro," mwmwiodd Deio Gewin Melyn.

"Plop!" criodd Nel. "Y pysgodyn aur, fy ffrind annwyl sydd wedi symud i Sbaen i fyw." Roedd yn well gan Nel feddwl hynny na chyfaddef y gwir.

"Dweud celwydd, dweud celwydd," sïodd Barti yn ei chlust, a theimlodd Nel fel petai wedi cael ei tharo gan garreg. Roedd hi'n falch o glywed

Dyta'n newid y pwnc yn ei llais tawel,

"A llun o fy chwaer, sy fel mwnci bach, meddai Dad."

Cyfrodd Miss Morgan i bump yn ei phen cyn ceisio hyshio'r halibalŵ.

"Fe fydd disgybl newydd yn y dosbarth ddydd Llun, a bydd yn rhaid i ni i gyd fod yn gyfeillgar, yn garedig," meddai Miss Morgan, gan geisio peidio ag edrych i unrhyw gyfeiriad yn arbennig.

Gwthiodd Barti Blin yn erbyn Nel. "Mae'n edrych arnat ti."

"Arnat TI," gwthiodd Nel yn ôl yn galetach.

"Os bydd angen help, yna dywedwch wrtha I. FI sydd i fod i edrych ar ôl y plant, nid chi." Eisteddodd Miss Morgan yn glatsh ar y gadair. Crychodd ei thrwyn brith. Roedd hi'n bwrw hen wragedd a ffyn y tu allan. A fuodd hi erioed mor falch o weld pnawn Gwener?

"Gawn ni wybod enw'r disgybl newydd?" gofynnodd Cai, ei gwestiwn yn llai plwmp a phlaen nag arfer. Roedd yn synhwyro blinder ei athrawes.

"Ceri. Ceri Grey," ildiodd Miss.

"Yesss! Bachgen!" Trawodd Barti'r awyr gyda'i *lightsaber* anweledig.

"Yesss! Merch!" Bwrodd Nel ei *lightsaber* cuddiedig.

Crychodd Miss Morgan ei thalcen ar Barti. "Pam wyt ti eisie bachgen arall? Mae merched a bechgyn yn gallu bod yn ffrindiau. Rwyt ti a Nel yn ffrindiau."

"Nag ydyn ddim." Daliodd Barti ei

dir – a'i *lightsaber* – yn ei feddwl ei hun.

Ond yn nychymyg Nel, hi enillodd, a syrthiodd *lightsaber* Barti i'r llawr.

Oedd, roedd Nel yn llawn cyffro i fynd i'r ysgol fore dydd Llun ac roedd wedi rhoi dwy fisgïen yn ei bocs bwyd. Roedd yn bwriadu rhannu un gyda'r FERCH newydd yn y gobaith o gael gwybod ei hanes i gyd.

Yn ei stafell wely, roedd Barti Blin wedi rhoi ei snoben werdd, fwyaf seimllyd yn ei boced yn y gobaith o fod yn ffefryn y BACHGEN newydd cyn neb arall.

Roedd disgyblion Miss Morgan

yn ferw gwyllt wrth wthio heibio ei gilydd ac i mewn i'r stafell ddosbarth ar ddechrau wythnos newydd.

"Mae bachgen o'r enw Ceri yn gwneud Taekwondo 'da fi," mynnodd y corryn blin.

"Mae sboner newydd chwaer Gwern yn nabod dwy ferch o'r enw Ceri..." gwenodd Nel yn ffals.

"Sboner... newydd... chwaer... Gwern..." Roedd Barti'n dal i ddatrys y pos yna yn ei ben wrth iddo eistedd i lawr a sylweddoli bod gan Miss Morgan gwmni ym mlaen y dosbarth.

Gwelodd Nel a Barti nhw ar yr un pryd, ond yr un blin gafodd y gri allan gyntaf,

"O, na!!!" tasgodd.

"MERCH!" gwaeddodd Barti a Nel fel un.

Doedd dim byd yn llwydaidd am Ceri Grey. Roedd hi'n wreichionen fach â gwallt du fel y frân, oedd yn debyg iawn i glawdd yn drwm o fwyar duon,

… ei llygaid yn dywyll fel dau licris olsort…

… a'i gwefusau'n drwchus fel rwber.

"Beth sy'n bod?" gofynnodd y disgybl newydd. "Pam y'ch chi i gyd yn syllu arna i? Ydw i'n wahanol i'r hyn roeddech chi wedi ei ddychmygu?"

"Wel, na. Ti'n rhy debyg i ni." Nel ffeindiodd ei thafod gyntaf.

"Ro'n i eisie bachgen…" stampiodd Barti Blin ei droed.

"Neu gorila." Roedd Lliwen yn hoff o anifeiliaid anferthol.

"Neu greadur o blaned estron," meddai Gwern, ei feddwl ar y planedau.

"Rhywun â phwerau arbennig, fel y gallu i hedfan..." dychmygodd Nel.

(Roedd hi'n gallu hedfan – ar wifren awyr.)

"... sydd byth yn mynd yn hen..."

(Doedd Nel ddim yn hen, nid fel Miss Morgan.)

"... sydd â llygaid pelydr-x..."

(Gallai Nel ragweld y dyfodol pan fyddai hi'n hapus ei byd, fel Charlie mewn ffatri siocled.)

"... sydd â'r gallu i wneud yr amhosib, fel y gallu i wneud gwaith cartref heb ei wneud o gwbwl..."

(Roedd gan Nel y gallu i fynd ymlaen ac ymlaen.)

Cliriodd Ceri ei gwddf yn bwrpasol – "Hy-hym, dwi dal yma! Ac mae gen i alluoedd," meddai'n benderfynol.

Symudodd yn ei sedd. "Galla i sgrifennu'n daclus...

... a dwi'n gallu sgrifennu fy enw yn dwt gyda dwy law...

... dwi'n gallu cyfri i 100 – am yn ôl, (bydda i'n gwneud hynny amser egwyl os hoffech chi fy nghlywed i)...

... a dwi'n canu'n swynol fel eos..."

"Bydd Mr Bois wrth ei fodd," gwenodd Miss Morgan.

Crymodd Nel ei hysgwyddau. "Sai'n siŵr. Yn y cefn mae'r eosiaid yn y côr fel arfer. A dy'n ni ddim i fod i ddangos ein hunain trwy ganu'n glir ac yn uchel. Er mwyn diogelu ein talent – meddai Mr Bois wrtha i."

"Reit," ailafaelodd Miss Morgan yn yr awenau, cyn bod trywydd y wers yn llithro rhwng ei bysedd yn llwyr. "Dwi'n chwilio am rywun…"

"Fi, Miss." Saethodd llaw Nel i fyny.

"Dwi ddim wedi gorffen y frawddeg eto, Nel…"

Rhoddodd Miss Morgan gynnig arall arni. "Dwi'n chwilio am rywun call… cyfrifol…"

"Fi, fi, fi!" Cododd Nel ar

ei thraed a dechrau neidio i fyny ac i lawr.

"… rhywun fydd yn ffrind da ac amyneddgar… un fydd yn dangos arweiniad…"

"Fiiiiiiii!"

Dechreuodd sifflo ei phen ôl fel petai'n dawnsio'r salsa ar *Strictly*.

"Wyt ti angen tŷ bach, Nel?"

"Ha ha!" chwarddodd Barti'n flin.

Ysgydwodd Nel ei phen nes bod ei chyrls yn tasgu i bob man.

Anwybyddodd Miss Morgan hi. "O'n i YN meddwl am rywun bach mwy… mmm… beth yw'r gair?… Mair? Dyta? Oes ganddoch chi ddiddordeb mewn dangos y ffordd i Ceri ar y diwrnod pwysig hwn?"

Edrychodd Mair a Dyta ar ei

gilydd. Nid Dyta oedd yr unig un dawel y tro hwn.

Gwenodd Nel lond ei hwyneb a smicio ei hamrannau fel pilipala.

Ildiodd Miss Morgan. Efallai y byddai'n beth da petai Nel yn cael cyfle i ddangos ei bod yn medru bod yn... wel, yn gall... ac yn gyfrifol... a bod ganddi'r gallu i ddangos arweiniad. Er gwaethaf ei gwendidau (ac roedd llawer o'r rheini) roedd Nel yn hyderus, yn gwybod beth oedd beth ac roedd hi'n boblogaidd iawn gyda'r plant eraill... y rhan fwyaf ohonyn nhw, beth bynnag... y rhan fwyaf o'r amser. Roedd hi wedi ennill etholiad y dosbarth... cafodd hi un bleidlais gyfan yn fwy na Barti Blin.

Pennod 2

Roedd Nel wrth ei bodd. Cafodd hi a Ceri fynd i ginio yn gynnar dydd Llun. Nhw oedd y rhai cyntaf yn y ffreutur ac wrth edrych yn ôl ar neidr hir y ciw gallai Nel weld sawl wyneb cyfarwydd tua'r gynffon. Chwarddodd iddi hi ei hun.

"Fy enw i yw Nel, a fi yw dy dywysydd am y dydd. Wyt ti eisie help gyda'r hambwrdd?"

"Dwi'n gwybod dy enw di… a galla i gario fy hambwrdd fy hun, diolch," atebodd Ceri.

"Pitsa a salad," archebodd y wreichionen. Derbyniodd y bwyd a balansio'r hambwrdd ar freichiau'r gadair olwyn.

"Pitsa a salad – ond gyda chips yn

lle salad," meddai'r ddireidus un.

Pan gyrhaeddon nhw'r bwrdd, gwasgodd Ceri'r dafod reoli oedd o dan fraich dde'r gadair. Symudodd y gadair i'r uchder cywir.

"Cŵl," nodiodd Nel.

Llowciodd Ceri ei diod yn ddidaro.

"Dwi'n dy nabod di," meddai Ceri.

"Fydden i'n synnu dim. Dwi wedi bod ar lwyfan yr Eisteddfod SAWL gwaith. Ac mae S4C fel arfer yn gwneud yn siŵr eu bod nhw'n cael *close-up*." Sglaffiodd Nel ei chips a siarad ar yr un pryd.

"Na, dim ar y teledu." Roedd Ceri'n cnoi cil… ac yn cnoi pitsa.

"Dwi'n enwog," cytunodd Nel.

"Mae dy ben ôl di'n enwog. Pen ôl smotiog." Astudiodd Ceri ddarn o letys a bwyta'r ddeilen gyfan mewn un.

"Ro'n i'n sâl iawn."

"Brech yr ieir?"

"SGRECH yr ieir. LOT gwaeth. Er 'mod i'n dioddef yn ofnadwy, bues i'n garedig iawn."

Roedd criw o blantos wedi dod i ymuno â'r ddwy wrth y bwrdd.

"Gafon ni i GYD sgrech yr ieir, Nel. Hyd yn oed y bobol oedd wedi ei gael yn barod," gwgodd Gwern wrth gofio.

"Am bris rhesymol iawn," gwenodd Nel.

Gwenodd Ceri hefyd. "A gest ti £250 gan *You've Been Framed!*. Welais i ti ar YouTube."

Dechreuodd Ceri chwerthin ac ymunodd

Nel yn y rhialtwch. Unwaith iddyn nhw ddechrau, doedden nhw ddim yn gallu stopio ac roedden nhw'n dal i fwldagu wrth iddyn nhw adael y ffreutur.

Ceisiodd Mair ddal sylw Nel. "Ble wyt ti am i mi gwrdd â ti?" gofynnodd Mair, yn fwyn wrth gwrs.

"O, bydda i ar yr iard." Edrychodd Nel ar Ceri.

"Ble ar yr iard?"

"Gwranda, Mair, falle bod well i ni beidio cwrdd heddiw. Mae Miss wedi rhoi'r cyfrifoldeb o arwain Ceri i mi, a dwi am wneud fy ngwaith yn…" Bu bron i Nel dagu, "… yn dda."

Nodiodd Mair ei phen. Fel y plentyn hynaf mewn teulu mawr roedd hi'n gyfarwydd ag aros ei thro.

"Mae gen ti ffrindiau eraill, on'd

oes?" gofynnodd Nel, a throi ei chefn ar Mair.

Gallai Ceri symud yn chwim. Rasiodd Nel ar ei hôl ac roedd hi wedi diflannu o fewn dim.

Roedd Nel yn iawn, wrth gwrs, meddyliodd Mair. Oedd, roedd ganddi ffrindiau eraill, ond Nel oedd ei ffrind gorau.

Ar ôl gêm egnïol o Tag roedd Nel allan o wynt. Roedd anadl Ceri yn dod yn fyr ac yn fuan achos ei bod hi'n chwerthin ar anallu Nel. Daeth criw bach o ffrindiau i ymuno â nhw. Roedd Nel yn eu nabod nhw ond doedd hi ddim yn eu nabod nhw. Roedden nhw mor garedig wrth Ceri, yn edrych arni'n wirion o ffeind ac yn chwerthin ar ei jôcs hi. (Do'n nhw ddim mor ddigri â jôcs

Nel.) Roedd Barti wedi dod atyn nhw hefyd, ar ôl iddo orffen dringo, ac roedd natur arno. (Roedd e'n dal i fod yn grac â Ceri am fod yn ferch.)

"Dwyt ti ddim yn gallu dringo'r parc antur," cyfarthodd ar y ferch newydd.

"A dwyt ti ddim yn gallu siarad Tamil a nofio gyda chrocodeilod," atebodd Ceri, ei llygaid yn loyw. "Gwaith Mam yw gwneud ffilmiau. Dreulion ni flwyddyn yn Sri Lanka."

Doedd dim llonydd i'w gael! Ble bynnag roedd Nel a Ceri yn mynd roedd y lleill yn ymddangos. Fuodd Nel erioed mor boblogaidd. Diolch byth am loches tŷ bach Ceri. Roedd e'n wahanol i'r toiledau eraill. Roedd e'n lân, yn arogli'n ffres ac roedd digon o le i ddawnsio. Gangnam Style.

"Beth ddigwyddodd i ti?" gwaeddodd Nel o'r ochr draw i'r drws.

"Beth ddigwyddodd i TI?" gwaeddodd Ceri yn ôl.

"Ces i fy nghreu o flodau, a chyn i ti ofyn: na, doedden nhw ddim yn flodau pi-pi."

"Ces i fy nharo gan fellten hudol wrth i mi warchod Cymru rhag ysbrydion dieflig – a Donald Trump… Agor y drws i fi, wnei di?"

Neidiodd Nel i helpu. Do, neidiodd i helpu. Hi oedd i fod i arwain, meddai Miss. Ond roedd

ei FfG newydd hi'n gallu gwneud
gormod o bethau drosti hi ei hunan.

"Dy greu o flodau, yr un peth
â Blodeuwedd... Celwydd gole?"
pendronodd Ceri wrth olchi ei
dwylo.

"Dychymyg. Yr un peth." (Roedd
gan Nel ddychymyg byw a doedd
arni ddim ofn ei ddefnyddio.) "Y
gwir?" gofynnodd Nel a chynnig ei
dwrn i Ceri.

"Y gwir." Gwthiodd Ceri ei dwrn
hithau yn erbyn un Nel.

"Ces i fy ngeni mewn
archfarchnad," meddai Nel.

"Ces i fy ngeni fel hyn. Ceri Grey.
Dyna sut cafodd Ceri ei chreu."

Crymodd Ceri ei hysgwyddau.

Crymodd Nel ei hysgwyddau
hithau.

"Ble oeddet ti yn y siop… pan gest ti dy eni? *Special offers*?" gofynnodd Ceri.

"Nesaf at y cracers," oedd ateb Nel.

Yna dechreuodd y ddwy chwerthin, a chwerthin, a chwerthin nes bod eu boliau'n brifo.

"Chi'n iawn?" Daeth Mair Mwyn ar eu traws ar y ffordd 'nôl i'r stafell ddosbarth.

Tasgodd poer o geg Nel. Pwyntiodd Ceri at y swigen. Ailddechreuodd y chwerthin.

"Ti'n iawn, Nel?" gofynnodd Mair.

"Ie, dwi'n grêêêt!" Chwarddodd y

ddwy ffrind newydd ar yr awyr iach.

"Dere, Nel," sgrialodd Ceri i ffwrdd.

Dilynodd Nel hi fel ci bach.

Cafodd Nel lot fawr o hwyl yng nghwmni Ceri. Ond un diwrnod, edrychodd yn ôl ar ei ffrindiau yn y ciw bwyd nadreddog. Sylwodd eu bod nhw'n codi llaw yn fywiog iawn. Cododd Nel ei llaw, rhoi ei bawd yn erbyn ei thrwyn a gwneud stumiau salw. Ond roedd y criw yn dal i godi llaw. Synnodd Nel. Synnodd yn fwy byth pan drodd ei phen a gweld Ceri'n codi llaw. Yna, sylweddolodd. Roedd ffrindiau Nel yn codi llaw ar Ceri.

Ar ôl iddyn nhw gael eu bwyd,
(salad i Ceri a chips i Nel), rhoddodd
Nel ei hambwrdd hi – clonc! – ar
hambwrdd Ceri. Gan ei bod mor abl
câi hi gario dau hambwrdd yn lle un
ar freichiau'r gadair.

Cyrhaeddodd Ceri'r bwrdd yn fwy
araf nag arfer, ond yn ddi-lol.

"Beth sy, Nel? Nagwyt ti'n falch i
fi lwyddo i gario DAU hambwrdd –
heb eu gollwng yn dwmbwl dambal
ar y llawr? Dychmyga hynny! Ddim
yn cŵl!" meddai, wrth estyn ei bwyd
i Nel heb iddo gwympo'n strim
stram strempan.

"Wrth gwrs 'mod i'n falch. Ti'n
meddwl 'mod i'n gobeithio y byddet
ti'n gollwng y cwbwl ac yn gwneud
annibendod mawr ar lawr? Does
dim brys, gyda llaw. Does dim ots

'da Miss os yw plant yn hwyr i'r dosbarth – mwy o amser iddi yfed ei choffi."

Nodiodd Ceri ei phen. Ond doedd hi ddim yn hwyr yn ôl i'r dosbarth y pnawn hwnnw, a doedd Nel ddim yn hwyr chwaith.

Pennod 3

"Pwy fydd yn cynrychioli'r ysgol yng nghampau'r sir?"

Fe wnaeth Miss Morgan ei gorau i glywed uwchben dwndwr y wers chwaraeon. Roedd hi'n dal clipfwrdd o'i blaen fel tarian, a phensil ysgrifennu fel arf. Roedd eisoes wedi nodi enw Lliwen Llyfrau ar gyfer y ras hir. Doedd neb ym Mhen-y-daith yn gallu ei dal i ben y daith oherwydd ei choesau hir a'i natur benderfynol.

"Fi!" gwaeddodd Nel.

"Dwyt ti ddim yn gwybod beth yw'r gystadleuaeth eto, Nel."

Doedd Nel ddim yn deall y broblem. Doedd dim angen gwybod beth oedd y gystadleuaeth. Roedd hi'n amldalentog – gair *posh* am y gallu i wneud POB peth.

"Ti'n bwyta gormod o siocled i fod yn ffit, Nel," poerodd Barti Blin.

Ond roedd Nel yn ffit. (Yn "rial ffiten" medd rhai.) Roedd y Pennaeth yn gwneud iddyn nhw redeg rownd y cae bob dydd Gwener. Hyd yn oed yn y glaw. Byddai'n lico gweld y Pennaeth yn rhedeg rownd y cae. Dyna beth roedd Mam Nel yn ei ddweud, beth bynnag.

"Wyt ti'n mynd i gystadlu?" gofynnodd Cai i Ceri, oedd yn dechrau oeri wrth aros yn ei hunfan.

"Nid dyna fy nghamp i," atebodd Ceri, yn poeni dim.

Roedd y plant yn un llinell flêr. Ar y blaen roedd Nel, ei choesau ar led a phêl drom o dan ei gên.

"Dwi'n taflu fel pencampwr Olympaidd," gwaeddodd, a saethodd y bêl i'r awyr a glanio gan metr i ffwrdd – wel, dim go iawn, ond aeth hi'n bell iawn, iawn ym meddwl Nel.

Mesurodd Miss Morgan. "Saith deg chwech centimetr. Ymdrech deg, Nel."

"Cofiwch roi llythyr yn fy mag i ddweud wrth Dad a Mam 'mod i'n cynrychioli'r ysgol!" Roedd Nel yn gyffro i gyd.

Cynrychioli'r ysgol… Petai'n dweud iddi gael salad i ginio hefyd, efallai y byddai'n cael McDonald's fel gwobr.

Ceri oedd nesaf. Rhoddodd y bêl

siot o dan ei gên a chyda holl nerth rhan uchaf ei chorff taflodd hi. Aeth y bêl i fyny fry yn araf, draw, a draw eto ac i lawr.

"Gwell lwc tro nesaf," meddai Nel i gysuro ei ffrind.

Roedd Miss yn brysur yn mesur. "Saith deg… naw centimetr." Nodiodd ei phen. Roedd tafliad Ceri wedi gwneud argraff arni.

"Beth sy'n bod, Nel?" Gwenai Ceri fel giât wrth i griw bach bat-patio ei chefn yn hapus, a llyfu ei phen ô— wel, hmmm (gwell tewi am unwaith).

"Y tro cyntaf i ni gwrdd, ddwedaist ti ddim dy fod ti'n gallu taflu pêl."

"Fel seren wib," pelydrodd Ceri a gwenodd y criw bach hefyd.

"Fel plentyn yn taflu teganau o'r pram," mwmiodd Nel.

"Do'n i ddim eisie dweud popeth ar unwaith. Do'n i ddim eisie dangos fy hun."

Allai Nel ddim deall hynny. Pam NA fyddech chi eisiau dangos eich hun?

"Ti'n falch dros dy ffrind, on'd wyt ti?" mentrodd Ceri.

Am unwaith, roedd Nel yn methu siarad. Nodiodd ei phen.

"Fydda i'n dal i golli diwrnod o ysgol, fydda i? Bydda i'n dod i gampau'r sir yn gwmni i ti," sibrydodd.

"Diolch, Nel, ond bydda i'n mynd gyda Lliwen. Wyt ti wedi'i gweld hi'n rhedeg? Wow! Mae'n bwyta llai o sothach na ti. Bydd hi'n wych yn chwarae Tag ar yr iard."

Dechreuodd Nel gerdded yn

araf tuag at y stafell newid. Yn y pellter, gwelodd Dyta Dawel a Cai Cwestiwn, ac yn eu canol nhw, yn chwerthin, roedd Mair Mwyn.

"Er gwaethaf pawb a phopeth,
    Er gwaethaf pawb a phopeth,
    Er gwaethaf pawb a phopeth
    Ry'n ni yma o hyd!"

Canu a chwarae'r piano roedd Nel – yn wael – pan ymddangosodd e. PWFF!

Un funud doedd e ddim yno.

A'r funud nesaf – ta-daaaaa!

"Ble ti 'di bod? Dwi ddim wedi dy weld di ers oes

pys a moron." Doedd Nel ddim yn yr hwyliau gorau. Chwaraeodd *scale* – yn anghywir.

Edrychodd y corrach boliog ar ei ewinedd. Roedd y farnis porffor a'r gwreichion aur arno yn ddigon o ryfeddod.

"Wyt ti'n gallu clywed unrhyw beth, Mister Fflwff? Dwi ddim yn clywed dim byd o werth," meddai Bogel yn ei lais hwyliog.

"BLE… TI… 'DI… BOD?" sgrechiodd Nel.

Crychodd y corrach ei drwyn.

"Oes hen lygoden wichlyd yn rhywle?"

Cododd Mister Fflwff ei ben, yn ofalus, rhag ofn i'r tiara slipio.

"Dim byd pwysig." Ffliciodd Bogel lwch o'i drowsus mawr fel dau falŵn coch sgleiniog.

Stompiodd Nel. "Wyt ti'n fy anwybyddu i? O'n i'n meddwl ein bod ni'n ffrindiau. Dyw e ddim yn neis anwybyddu fi, ti'n gwybod. Ti'n gwneud i fi deimlo'n drist iawn."

Cododd Bogel ei lais. "Wel, ti'n gwybod sut mae Mair Mwyn yn teimlo nawr 'te, on'd wyt ti?"

Ac am y tro cyntaf edrychodd Bogel yn syth i lygaid Nel.

Epilog

Roedd y plant, a'r athrawon, a'r Pennaeth, yn ferw gwyllt pan ddaeth Lliwen, Ceri a'r lleill yn ôl o gampau'r sir.

Ail i Lliwen am redeg a thrydydd i Ceri am daflu pêl. Digon da i gael sylw yn y gwasanaeth.

Llwyddodd Nel hefyd. Llwyddodd i longyfarch y ddwy, er ei bod hi'n croesi ei bysedd y tu ôl i'w chefn.

Aeth i chwarae pêl. O bell, gwyliodd ei ffrindiau'n dweud "da iawn" (heb groesi eu bysedd y tu ôl i'w cefnau). Pan sylwodd ar Mair Mwyn yn gadael y criw bywiog, gwelodd ei chyfle. Taflodd y bêl nes ei bod yn glanio wrth draed ei ffrind. Cododd Mair hi. Aeth Nel at Mair

cyn iddi newid ei meddwl a diolch
iddi am gael y bêl yn ôl. Dechreuodd
daflu'r bêl i fyny ac i lawr.

"Dwi wedi gwneud rhywbeth
drwg," meddai Nel, gan dagu ar y
gair 'drwg'.

"Ti, Nel?"

"Dyma'r peth gwaethaf dwi wedi
ei wneud erioed."

"Gwaeth na thaflu afalau ar
lwyfan yr Eisteddfod?"

Nodiodd Nel ei phen a thaflu'r bêl
i fyny i'r awyr.

"Gwaeth na gwthio'r Pennaeth,
Mrs Puw, i Lyn Tegi-wegi?"

Taflodd Nel y bêl
yn uwch fyth.

"Wnes i
ddim ei gwthio
hi'n fwriadol."

Gwenodd Nel yn ddireidus.

Gollyngodd y bêl.

"Dwi wedi anwybyddu fy FfG i, fy ffrind gore, gore, nos tan bore, am byth, Amen."

"Beth wyt ti'n mynd i'w wneud nawr 'te?" gofynnodd Mair.

"Gobeithio'r gore… Os ddweda i 'sori fawr fwyn', falle bydd fy ffrind yn maddau i mi… Falle y gallwn ni fod yn ffrindiau gore eto… FfGs…"

"Wyt ti wedi dweud 'sori' o'r blaen?"

Meddyliodd Nel am hyn.

Meddyliodd yn hir nes bod ei thalcen crychlyd yn brifo.

"Ydw." Doedd hi ddim yn swnio'n siŵr iawn. "Ond do'n i ddim yn ei feddwl e bryd hynny."

"Wyt ti'n meddwl y bydd dy ffrind yn maddau i ti?"

"Ydw, gobeithio. Ti'n gweld, mae'n wahanol i fi. Mae hi'n galon i gyd. Person â gair caredig a gwên i bawb."

Gwenodd Mair. "Dwi ddim yn santes, ti'n gwybod!"

"Sori. Dwi'n gwybod. Dwi'n dy nabod di'n iawn. 'Na pam dwi eisie i ti fod yn FfG fi. Am byth. Amen."

"A dwi'n nabod ti, a dwi eisie bod yn FfG i ti," meddai Mair yn garedig.

Aeth Nel i nôl y bêl. Edrychodd ar y criw, oedd yn dal i fod o gwmpas Ceri. Ai Gwern oedd hwnna yn gwneud llygaid llo bach arni? Doedd hi ddim yn gwybod. Gwelodd Barti ar y wal ddringo. Rhoddodd y bêl yn ei phoced.

"Pam wyt ti'n meddwl ei bod hi

mor boblogaidd?" gofynnodd Nel i Mair.

"Mae'n ddoniol… ac yn newydd… ac mae ganddi fag mawr o losin…"

Chwarddodd y ddwy.

"Ti eisie chwarae Tag?" Neidiodd Nel yn llawn bywyd.

"Ocê." Roedd Mair yn gwenu'n hapus.

"Ha-ha. Ddali di byth mohona i!" Ac roedd Nel wedi mynd, wedi diflannu fel hen syniad.

Stori
asgwrn pen llo

Pennod 1

Roedd Nel wedi gwneud penderfyniad mawr. Roedd hi wedi penderfynu gadael. A'r peth gorau am adael? Fyddai dim rhaid iddi fynd i unman.

Torrodd y newyddion i weddill y teulu amser cinio. Dad oedd yn coginio. Roedd wedi bod yn gwylio *Cer i'r Gegin!* ar S4C, ac wedi rhoi cynnig ar Gyrri Cyw Iâr a Menyn. Heb fenyn. Doedd dim awydd bwyd ar unrhyw un.

"Ble fyddi di'n mynd?" Roedd Dad
yn esgus mwynhau'r cyrri.

Sniffiodd Nel y bwyd yn amheus.
"O, does dim rhaid i fi fynd i unman.
Bydda i'n aros adre."

Roedd Mam, Dad a Twm yn falch
o glywed hyn, ac yn siomedig ar
yr un pryd. Tynnodd Twm ei gap
i lawr, fel arwydd ei fod yn tyfu i
fyny.

Roedd Nel wedi bod yn gwylio'r
newyddion am Brexit. Roedd hi
wedi deall y byddai'n rhaid trafod
pethau'n iawn cyn y gallai unrhyw
un fynd i unrhyw le (neu newid eu
meddyliau a phenderfynu y byddai'n
well aros lle roedden nhw).

Gwthiodd y cwch i'r dŵr amser
pwdin. (Bisgedi oedd yn ddigon
caled i dorri dannedd Barti Ddu.

Roedd Nel yn hoffi'r
syniad o dorri dant ac
edrych fel môr-leidr.)

"Ar ôl i ti ein gadael ni,
fyddi di ddim yn cael arian
poced," meddai Mam, gan lyncu. Yn
galed.

Crymodd Nel ei hysgwyddau.
"Fydda i ddim yn eich talu chi
chwaith – mewn hwyl a direidi, ac
ambell gacen siocled."

Roedd Nel eisiau gofalu am ei
harian ei hun. Byddai MWY o arian
yn ei phoced hi – roedd hi'n siŵr o
hynny.

"Dwi'n mynd i gael job,"
cyhoeddodd fel prif weinidog
newydd.

Doedd hi ddim eisiau gwneud
gwaith… Ond os oedd hi'n mynd

i gael arian i brynu losin yn siop
Da-da Da, wel, doedd dim dewis
ganddi. Byddai'n rhaid iddi wneud
rhywbeth...

Aeth y teulu i lan y môr ar ôl
cinio i fwynhau'r awyr iach ffres,
i dreulio cwcan Dad ac i wylio
Twm a gweddill y clwb nofio yn
stryffaglu gyda'r tonnau ewynnog.
Cerddodd Dad a Nel ar hyd y
prom hir. Er gwaethaf yr aer
brathiog roedd yn lle poblogaidd.
Roedd pob math o bobol yn
gwneud y mwyaf o'r tywydd
sych... yn rhedeg... sglefrio...
beicio... sgwtio... sglefrfyrddio... a
hyd yn oed pobol normal oedd jyst
eisiau ymlacio ar bnawn anarferol
o fwyn yn yr hydref. Woblodd Nel
ymlaen ar ei Heelys, gan geisio

peidio taro yn erbyn gormod o henoed.

"Nid rhywbeth i'r haf yn unig yw lan y môr, ti'n gweld, Nel." Roedd bochau Dad yn binc yn yr awyr iachus.

"Ti'n meddwl welwn ni ddolffin?" gofynnodd Nel yn gyffrous.

"Am hanner awr wedi dau? Rhy gynnar, siŵr o fod."

Roedd pob math o greaduriaid yn cuddio o dan y dŵr: morloi, mecryll, cregyn gleision, siarc…

"Gwylan!" gwaeddodd Nel wrth i awyren anferthol anelu at ben Dad.

Gwelodd ei thad yr aderyn gwyn, a gostwng ei ben mewn pryd. Trodd y ddau eu trwynau ac anelu am y traeth. Teimlai Nel damaid bach yn siomedig. Byddai wedi bod yn lot o sbort petai'r wylan wedi gollwng ei chinio ar dalcen Dad.

"Ti'n gwybod beth yw fy hoff anifail lan y môr i?" gofynnodd Nel.

"Cranc?"

"Ci."

"Dyw cŵn ddim yn anifeiliaid lan y môr —" chwarddodd Dad.

"Edrych, Dad!"

Dyma nhw'n troi eu golygon at y tywod a'r graean.

Roedd yn rhaid i Dad gyfaddef bod Nel yn iawn am unwaith. Dyna ble roedden nhw, yn bla ar y traeth.

Cŵn mawr, cŵn bach.

Cŵn tenau, cŵn byrdew.

Cŵn blewog, cŵn blew cwta.

Cŵn ffyrnig, cŵn ufudd, cŵn doniol a chŵn cariadus oedd yn llyfu eu perchnogion fel eu hoff hufen iâ.

"Dwi eisie hufen iâ!"

"Dwi ddim yn credu bod y fan hufen iâ ar agor amser hyn o'r flwyddyn." Roedd Dad yn falch mai tro Mam oedd hi i sefyll yn stond yn gwylio Twm yn y môr.

"Ydy, mae hi. Dwi eisie hufen iâ!" (Fyddai Nel ddim wedi dod i gefnogi Twm fel arall.)

Mmm. Roedd Nel yn gwybod yn gwmws beth roedd hi eisiau. Hufen iâ mewn cornet mawr… gyda chawod o raean melys… a dau lwmp o hufen iâ siocled… a saws siocled… a fflêc…

"Oes digon o arian gyda ti, Nel? Nawr dy fod ti wedi ein gadael ni, bydd yn rhaid i TI dalu amdano."

Gwridodd Nel.

"Economeg, Nel fach," a chydag

un naid i lawr i'r traeth roedd Dad wedi ei gadael hi ar dir sych y promenâd.

Aeth Nel i eistedd ar ei phen ei hun i fwyta ei hufen iâ plaen… ac i bwdu. Roedd hi'n dal i hyffian iddi ei hun pan laniodd Siberian Husky ar ei phen. Yn llythrennol.

"Watsia fy hufen iâ i!" gwaeddodd yn groch fel gwylan.

Yna, chwarddodd Nel. Roedd hyn yn berffaith. Roedd Nel eisiau ci. Ac roedd hwn yn un mawr blewog ag un llygad glas ac un llygad pinc. Llyfodd Nel yr hufen iâ a llyfodd yr hysgi yr hufen iâ. Giglodd Nel. Doedd hi ddim eisiau'r hen hufen iâ twp yma, beth bynnag, ac roedd hi wedi cael syniad!

Pennod 2

Sticiodd Nel ei thafod allan mor bell ag y gallai. Nes ei fod yn brifo. Yna, gwenodd. Roedd wedi cael syniad campus! Teimlai'n bles iawn gyda hi ei hun. Nawr, roedd yn rhaid rhannu'r campwaith gyda phobol eraill.

Penderfynodd hysbysebu... ar dafod-leferydd. (Dweud wrth bawb a phopeth, hynny yw.) Pwy bynnag fyddai hi'n eu gweld, byddai'n rhannu'r newydd â nhw.

Roedd Anti Gwen drws nesa wedi addo dweud wrth ei ffrindiau yn y clwb darllen... a Chapten Beynon yn yr hen, hen dŷ ar ei ben ei hun wedi addo dweud wrth bawb yn y clwb bowls.

Fe wnaeth Mr Alun, y gweinidog, gyhoeddiad yn y pulpud...

A dywedodd Mrs Puw, y Pennaeth, wrth ei disgyblion amser gwasanaeth...

Roedd Nel yn synnu – a rhyfeddu. Roedd oedolion fel petaen nhw wrth eu boddau'n clywed am blant yn gweithio... yn enwedig hen bobol... Roedd ganddyn nhw straeon am blant yn gwneud POB MATH o swyddi ofnadwy... fel gweithio dan ddaear mewn pyllau glo... neu ddal coesau rhywun sy'n cael llawdriniaeth... Roedd hyd yn oed Nel yn crychu ei thrwyn ar ddal rhaw ar gyfer pw-pw asyn.

Aeth tri diwrnod heibio cyn yr alwad ffôn gyntaf. Doedd dim diddordeb gan glwb darllen Anti

Gwen, hyd yn hyn, ond roedd gan Anti Gwen ddiddordeb mawr.

"Ydy Nel fach yno?"

"Ga i weld os ydy hi'n rhydd," atebodd Nel. Cyfrodd i bump. Yn araf. "Helô, alla i'ch helpu chi?"

"Wel, gallwch gobeithio. Sgwn i ydych chi ar gael i gerdded ci?"

"Pwy sy'n siarad, plis?" gofynnodd Nel wrth y llais cyfarwydd.

"O. Yyy… Anti Gwen drws nesa sy 'ma."

"A pha fath o gi sy gyda chi? CI sy gyda CHI! Mae'n swnio fel jôc!" chwarddodd Nel.

"O, ie. Da iawn. Elsi, y labrador, cariad. Dyw hi ddim yn lico mynd yn rhy bell, fel ti'n gwybod. Ond mae hi wedi magu pwysau yn ddiweddar. Felly, byddai'n syniad da iddi gael mwy o ymarfer corff. A ti'n gwybod fel ma 'nghoesau i."

"Gadewch i fi edrych yn y dyddiadur…" Cyfrodd Nel i chwech. "Ydw, dwi'n rhydd. Wna i roi eich enw a'ch rhif ffôn chi yn y llyfr, wedyn wnawn ni drafod telerau."

Galwad Anti Gwen oedd y gyntaf, ond nid yr olaf. Roedd hi'n syndod faint o bobol oedd yn cadw ci. Ond roedd angen mynd â chi am dro ddwywaith y dydd. Ym mhob tywydd. Ac roedd pobol yn brysur iawn y dyddiau hyn.

Ochneidiodd Mister Fflwff wrth wrando ar Nel yn addo cerdded Cockapoo o'r enw Boris. Fyddai Mister Fflwff byth yn caniatáu i unrhyw un ei roi ar dennyn a'i arwain. (Fyddai tennyn ddim yn ffitio dros y tiara, beth bynnag.)

"Cŵn." Sniffiodd Mister Fflwff yr awyr, fel petai yna oglau cas.

"Beth sy'n bod?" gofynnodd Nel. "Gwasanaeth Cerdded Cŵn. Mae'n syniad gwych!"

"Mmm. Pan fydda i'n mynd allan, bydda i'n dilyn fy nhrwyn fy hun."

"Pws, ti'n athrylith!" Dechreuodd Nel neidio i fyny ac i lawr.

Wel, dwi'n gwybod hynny, meddyliodd Mister Fflwff a llyfu ei hun.

CERDYN BUSNES
NEL

Pwy?: Fi!
Beth?: Cerdded eich ci
Tâl: I'w drafod

Pennod 3

Elsi'r Labrador
Boris y Cockapoo
Carlo'r Corgi Cymreig
Brian y Bichon Frise
Peredur y Pwdl
Hari'r Siberian Husky
Bendigeidfran y Chihuahua
a Shih Tzu o'r enw Siân.

Roedd yna alw ffyrnig am wasanaeth cerdded cŵn Nel.

Gyda help Mister Fflwff roedd hi wedi cael syniad arall. Dyma'r peth gorau am gerdded cŵn... doedd dim rhaid iddi hi eu cerdded nhw o gwbwl.

Penderfynodd Nel gael help ar y diwrnod cyntaf. Beth petai pethau'n

mynd o chwith?
Byddai ganddi
rywun arall i'w feio.
Gofynnodd i Gwern
am ei gwmni. Roedd
e'n gwybod popeth.
(Ac roedd angen
helpwr arall. Rhywun i ddal y baw
tu ôl i'r asyn fel petai. Byddai Barti
Blin yn berffaith.)

Sgrialodd Nel y sgwter ar hyd y
promenâd. Roedd hi'n ddiwrnod
gwyllt... yr awyr lwyd yn dywyll
fel mwg, ac yn chwythu ac yn
brathu fel anifail. Shhh! Hyshiodd
y gwynt bob hyn a hyn, yn uchel
fel athro. Ond roedd Nel wrth ei
bodd. Neidiodd i lawr at y traeth...
a chrensian ar y graean... Roedd
busnes Nel mewn busnes!

♪ "Ar lan y môr mae rhosys cochion.
Ar lan y môr mae lilis gwynion." ♪

Dechreuodd Nel ganu, gan daro'r nodau yn erbyn y gwynt. Clywodd gi yn udo yn y pellter. Neidiodd môr-leidr wrth ei hochr – Barti Blin yn ei wisg orau. Roedd ganddo fwa a saeth hyd yn oed.

♪ "Ar lan y môr mae 'nghariad inne…" gwaeddodd Nel. ♪

"Pwy yw dy gariad di?" galwodd Barti yn erbyn y gwynt.
"Neb."
Tynnodd y môr-leidr ar Nel:
♪ "Mae cariad 'da Nel.
Cariad 'da Nel.
Gwern a Nel, ych a fi…
Yn C… U… S… A… N… U." ♪

A'r peth nesaf, roedd y môr-leidr

ar ei ben ôl, a Nel yn anelu am y promenâd. Gwelodd Gwern yn siarad ag Anti Gwen. Neidiodd i fyny ar y pafin.

"Ti'n mynd i fod yn ferch dda i Nel a Gwern, on'd wyt ti, Elsi fach?" clywodd.

Edrychai'r Labrador i fyw llygaid Anti Gwen. Roedd y ci yn amlwg yn ei haddoli hi.

Y tu ôl iddi roedd y perchnogion eraill yn cyrraedd – fel yr oedd Nel wedi ei drefnu.

Ymunodd Siw Bw-Hw a'i thad â nhw.

"Mae'n gallu bod yn gryf," rhybuddiodd y tad. "Yn rhy gryf i Siw."

Gwelodd Nel ddagrau yn llygaid Siw. Roedd Nel yn nabod Siw yn iawn. Roedden nhw wedi bod yn y Dosbarth Derbyn gyda'i gilydd.

"Peidiwch â phoeni. Dwi'n gwybod yn gwmws beth dwi'n ei wneud."

Nel, Gwern, môr-leidr blin a'r cŵn annwyl… Roedd y perchnogion YN troi eu cefnau ar y criw pan glywon nhw waedd,

"Ewch! Fel cath i gythraul! Dilynwch eich trwynau!"

"Na, Nel!" Ond aeth gwaedd Anti Gwen ar goll yn y gwynt.

Gadawodd Nel y cŵn yn rhydd, i redeg yn wyllt ar lan y môr.

Cyfarth. Chwyrnu. Grymial. Udo. Byddai hyd yn oed Mr Macsen Bois, arweinydd côr yr ysgol, yn cael trafferth i roi trefn ar y twrw hwn.

Roedden nhw'n cwrso eu

cynffonnau… yn sniffio sbwriel…
yn rasio i mewn i'r môr, yn cael ofn
y tonnau oer ac yn rasio allan gan
siglo eu cotiau blewog gwlyb dros
bob man.

Roedd pob math o giamocs… heb
sôn am y baw ci.

Hwtiodd Nel yn hyderus. Os
byddai ci yn gwneud ei fusnes, roedd
ganddi Barti. Ac os byddai helynt,
roedd ganddi Gwern. Byddai e'n
gwybod beth i'w wneud. Treuliai ei
amser sbâr i gyd yn darllen – ac yn
cicio pêl i mewn i'r gôl.

Pam roedd Mam a Dad yn cwyno?
Roedd gweithio
yn hawdd!

Daeth yr
awr fawr i ben.
Dringodd Nel yn

ôl ar y prom. Fuodd Gwern a Barti ddim yn hir iawn yn casglu'r cŵn at ei gilydd. Roedd golwg oer ar y perchnogion… a golwg od.

"Ewch i'r caffi y tro nesaf," meddai Nel wrth gasglu ei harian.

"Tro nesaf?" gofynnodd Dylan, tad Siw.

Cododd Nel ei llaw ar Brian y Bichon Frise. Roedd angen bath arno.

"Gweld ti rywbryd eto," galwodd ar Bendigeidfran y Chihuahua. Gwenodd. Roedd ei enw'n fwy nag e.

Daeth Mrs Chartpong tuag ati, yn ffys i gyd.

"Esgusodwch fi, ble mae Siân?" Roedd wedi dysgu Cymraeg yn dda ers symud o Wlad Thai.

"Siân?" gofynnodd Nel.
"Gwern? Oedd yna
Siân?"

"Sai'n gwybod. Ti
sgrifennodd eu henwau
nhw yn dy lyfr."

"Nel 'di colli ci.
Nel 'di colli ci!"
canodd Barti'n
gas.

"Peidiwch â phoeni.
Wnawn ni chwilio am y ci. Dim cost
ychwanegol."

Edrychodd Mrs Chartpong yn
anfodlon. Ond gadawodd Nel. Aeth i
eistedd ar y fainc gyda rhai o'r lleill,
yn rhewi.

Cyfrodd Nel y papurau.

Edrychodd Gwern ar y bunt yn ei
law.

"Dwi'n gwybod ble mae'r ci…" hisiodd.

Sgyrnygodd Nel arno. Oedd rhaid i Gwern wybod popeth?

Roedd Nel eisiau ci. Doedd cath ddim yn hoffi teimlo'r tywod rhwng ei phawennau.

Roedd Nel yn hapus braf! Byddai Siân y Shih Tzu yn cael enw newydd – Glesni Wff Wff ap Gelert y Cyntaf. 'Gles' i'w ffrindiau.

"Edrych, Gles! Mae pêl draw fan'na!" galwodd Nel ar ei ffrind blewog. Pwyntiodd at y bêl yn cuddio yn y cerrig mân. Roedd hi'n sownd i ddarn o sbwriel.

"Ar ei hôl hi, Gles. Ar ôl y bêl."

Rhuthrodd y mop o gi oddi wrthi, yn barod i chwarae gêm. Ffeindiodd ei tharged. Pwysodd ei thrwyn gwlyb yn ei erbyn, a rhedeg i ffwrdd yn gyflym. Stopiodd. Cyfarthodd. Aeth ato eto. Snwffiodd o'i gwmpas a gafael yn rhywbeth.

Sylweddolodd Nel.

Nid pêl oedd hi, ond balŵn enfawr llawn heliwm.

Ffolodd Gles ar y balŵn a gafael yn y llinyn. Stryffaglodd Nel tuag atynt, mas o wynt. Cyn iddi eu cyrraedd, daeth gwth anhygoel o wynt a'u chwythu i fyny, i fyny, i fyny i'r awyr...

"Fy mwa i yw hwnna!"

"Dwi angen y bwa."

"Dwyt ti ddim yn cael y bwa."

"Dere â'r bwa 'ma, Mister Blinws Pwmpws!" sgrechiodd Nel.

"Paid â galw fi'n Mister Blinws Pwmp—!" sgrechiodd Barti yn uwch.

"Yesss!"

Llwyddodd Nel i reslo'r bwa a saeth oddi ar ei ffrind (wel, rhyw fath o ffrind). A chyn i hwnnw neidio ar ei phen i'w ddwyn yn ôl, safodd Nel yn y cerrig mân ac anelu'r arf tuag at yr awyr. Oedodd. Caeodd un llygad. Gwyliodd Gles y ci yn hedfan trwy'r aer. Yna edrychodd ar y balŵn.

Anelodd...

Yn y cefndir, roedd corws o oedolion yn ei chymeradwyo... Roedd ar fin saethu. Ond sylwodd nad clapio roedd y bobol â'r cŵn. Roedden nhw'n taflu eu breichiau o gwmpas yn wyllt.

Rhy hwyr. Gwibiodd y saeth o'r bwa a theithio i fyny yn weddol o syth.

POP!

Byrstiodd y balŵn fel tân gwyllt. Blynyddoedd o chwarae sgitls ar fin talu ar ei ganfed! Hi fyddai arwr yr awr.

"Na, Nel!" clywodd y waedd gyfarwydd.

"Nel, beth wyt ti wedi ei wneud?" Bownsiodd tad Siw tuag ati.

Roedd Mrs Chartpong yn dynn wrth ei gynffon, ac Anti Gwen a'i choesau clwc ymhell ar eu hôl.

"Achub y dydd. Wel, y ci, ta beth." Safodd Nel yn browd. Roedd ei dwylo'n chwys botsh a'i throwsus yn dywod i gyd. "Gewch chi ddiolch i fi eto."

"Mae'n cwympo!" criodd Anti Gwen, yn eu cyrraedd.

Roedd hyd yn oed Barti Blin yn edrych yn syn.

Edrychodd Nel i fyny a gweld y
Shih Tzu yn dod i lawr…

Yn gyflym…

Fel wig yn cwympo oddi ar ben
cawr…

Neu bwysau marw.

Am eiliadau, prysurodd yr oedolion
i'w lle. Ble oedd orau i sefyll? Doedd
dim amser i feddwl beth fyddai'n
digwydd petaen nhw'n methu. Petai'r
ci'n cwympo glatsh.

Roedd y bwndel blewog – a Nel
– yn lwcus. Roedd Mrs Chartpong
yn bencampwr dal pêl foli yn ôl yng
Ngwlad Thai. Glaniodd Siân yn saff
yn ei breichiau gydag un wff ac iap.

Ysgydwodd Nel y tywod dros lawr

y gegin. Siglodd Mam ei phen. Tro Idris oedd hi i hwfro.

Bîîîîîp! Canodd y meicrodon. Estynnodd Mam y siocled poeth o'r peiriant a'i estyn i'w merch. Cwtshodd hi.

"Wel… wyt ti am ddod 'nôl 'te, Nel?" gofynnodd Mam, gan ogleuo gwynt ci yn ei gwallt nyth brân.

"Chei di ddim dod 'nôl. Rwyt ti wedi penderfynu ein gadael ni," meddai Twm, gan sychu tywod Nel oddi ar ei ddillad ei hun.

Symudodd Mister Fflwff.

Safodd Nel ar ei choes chwith. Yna safodd ar ei choes dde.

"Hmmm," meddai'n uchel a llowcio'r siocled poeth.

Eisteddodd Mam a dechrau teipio'n ffyrnig. Ateb e-bost pwysig,

mae'n siŵr, meddyliodd
Nel. Roedd hi'n cael y
rheini o hyd.

"Dwi ddim yn siŵr
ydw i am ddod 'nôl
neu beidio. Ond, am y
tro, dwi wedi cael syniad…"

Tynnodd Mam ei llygaid oddi
ar y gliniadur. Syllodd Twm yn syn
ac aeth Mister Fflwff allan trwy'r
catfflap.

"Fe gewch chi ddal ati i fy nhalu
i… dros dro…" chwarddodd Nel, a
doedd y lleill ddim yn gallu stopio'u
hunain. Chwarddon nhw hefyd.
Parhau i'w thalu hi i aros adref am
gyfnod dros dro. Am syniad!

Ond dyna ni. Doedd neb fel Nel.

Hefyd ar gael:

www.nanel.co.uk

Am restr gyflawn o lyfrau'r Lolfa, mynnwch
gopi am ddim o'n catalog
neu hwyliwch i mewn i'n gwefan

www.ylolfa.com

lle gallwch archebu llyfrau ar-lein.

TALYBONT CEREDIGION CYMRU SY24 5HE
ebost ylolfa@ylolfa.com
gwefan www.ylolfa.com
ffôn 01970 832 304
ffacs 832 782

Holwch am bris argraffu!
01970 832 304